FRITZ SCHÖNPFLUG - WIEN ANNO DAZUMAL

FRITZ SCHÖNPFLUG

Wien anno dazumal

Mit einer Einführung und Erläuterungen
von Ulrich Ewald

Herausgegeben von Minna Pixner

Edition Tusch Wien

Buch- und Kunstverlag Ges.m.b.H., Wien
Satz und Druck: Tusch-Druck, Wien
Reproduktionen: Reproform, Wien
 Printed in Austria
ISBN 3-85063-084-6

Das kaiserliche Wien der Jahrhundertwende hat als politisches und kulturelles Zentrum eines Staates vieler Nationalitäten immer wieder seine Sänger und Chronisten gefunden, teils unter seinen Zeitgenossen, teils unter den Vertretern einer staunenden, allmählich ihre Geschichte verstehenden Nachwelt. Ferdinand von Saars „Wiener Elegien" bezeichnen da einen Höhepunkt und die - heute vergessenen - Elendsromane des Volksschullehrers Rudolf Hawel einen ganz andern, denn auch die glanzvolle Reichshaupt- und Residenzstadt hatte manche dunkle Seite.

Ein unbestechlicher Zeuge des einen wie des andern war Fritz Schönpflug (1873-1951), ein Künstler ohne Akademieausbildung, aber mit scharfem Blick und gutem Herzen begabt. Er ist vor allem durch Militärkarikaturen seinen Zeitgenossen zum Begriff geworden; er war aber auch ein „leidenschaftlicher Wiener", der sich nicht nur zum Prunk der damals noch recht neuen Ringstraßenpaläste bekannte, sondern seinen Blick mit spürbarem Mitgefühl auch auf die weniger attraktiven Bewohner der Kaiserstadt richtete.

In diesem Bändchen werden beide Seiten - aus Restbeständen der

einst millionenfach verbreiteten Schönpflugkarten zusammengestellt - in der milden Sicht eines begnadeten Zeichners zu zeigen versucht. Da sind einmal die „Ensemblestudien" an den heute noch prunkvollen Ringstraßenbauten - aber mit Typen bevölkert, die uns nur noch aus Kostümwerken oder Filmbildern bekannt sind. Jedes Bauwerk hat sein spezielles Publikum, haargenau getroffen und von den Zeitgenossen als typisch „richtig" empfunden; die Verbreitung der stets mit Spannung erwarteten Karten ist dafür bester Zeuge.
Da sind andererseits die Wiener „Originale", die heute nur noch in schwächlichen Wiederbelebungsversuchen als Fiaker oder Heurigensänger anzutreffen sind. „Wasserer" und „Blumenmädchen" sind aber ebenso verschwunden wie die „Werkelmänner". Die Ursachen sind teils technischer, teils sozialer Natur. Die Armen hat Schönpflug keineswegs karikiert, denn ihnen galt deutlich sein Mitgefühl. So ist weder der Werkelmann noch der „Familienumzug" zum Schmunzelbild geworden; diese Seite des Künstlers sollte man nicht übersehen.
Fritz Schönpflug begann nicht gleich als Künstler; er wurde vielmehr nach guter Schulbildung und obligatem „Einjährigenjahr" ein Post-

beamter, der gerne zeichnete. Ein bekannter Maler empfahl ihm aber, sich ganz der Kunst zu widmen, was den Wünschen Schönpflugs durchaus entsprach, denn seine bürokratischen Neigungen waren gering.
Er zeichnete zunächst originelle Volkstypen, alle schon leicht karikiert, aber der große Erfolg stellte sich erst ein, als ihn der Wiener Kunstpostkartenverleger Salomon Kohn in Vertrag nahm. Durch künstlerischen und geschäftlichen Ideenreichtum waren die „Schönpflugkarten" in Großauflagen bald über ganz Mitteleuropa verbreitet, zumal die Bildbeschriftungen der Karten in alle wichtigen Sprachen der Donaumonarchie mutiert waren. Bald „rissen" sich auch bekannte illustrierte Blätter, wie der „Figaro" und besonders die „Muskete", um Schönpflugs Bildbeiträge, die ihn erst recht populär machten - bis hin zu dem bekannten Karl-Kraus-Zitat aus den „Letzten Tagen der Menschheit": „Habts das Bild vom Schönpflug g'sehn . . .?" (ein Offiziersgespräch an der Wiener „Sirk-Ecke", die unser erstes Bild in diesem Buch zeigt).
Schönpflug war also ein vermögender Mann geworden, und in patriotischer Weise zeichnete er im Ersten Weltkrieg Kriegsanleihen. Diese

„Zeichnungen“ mißrieten ihm total, denn die schönen Papiere waren zu Kriegsende wertlos. Was blieb, war sein Name und seine Kunst. Mit ihnen begann er nochmals von vorn und setzte seine Eindrücke von der jungen Republik prompt in neue Karikaturen um, die aber von den neuen Männern teilweise ungnädig aufgenommen wurden, ja man zitierte Schönpflug manchmal sogar vor den Richter, offenbar weniger humorvoll als die „Kaiserlichen“, denen das nie eingefallen wäre. Die junge Republik hatte allerdings auch keinen Grund zum Lachen, während Schönpflugs Welt die „kakanische“ war. Trotzdem blieb er, wenn auch zurückgezogener lebend, ein beliebter Künstler und geschätzter Illustrator bis an sein Lebensende, das schon ins neue Österreich fiel.
Unsere Auswahl konnte leider nicht mehr aus dem Vollen schöpfen, da sie aus Unikaten des nur teilweise erhalten gebliebenen Archivs des BKW-Verlages zusammengestellt wurde. Frau Minna Pixner, die Tochter des Verlegers, hat sie als Herausgeberin zur Reproduktion in Buchform freigegeben, wofür ihr alle Freunde der Kunst Schönpflugs Dank wissen werden.
U.E.

10. Juni 1943

1. Opernring

Odol

2. Heurigenmusik

Heurigenmusikanten.

3. Nur nicht zu Fuß!

4. Gut Holz!

5. Stubenring

6. Damenkapelle

7. Ringelspiel

Wien: Im Prater.

8. Wasserer

9. Blaue Stunde

10. Prosit Blume

11. Franz-Josephs-Kai

12. Dein Freund und Helfer

13. Universität

14. Im Billardcafé

15. Der alte Stand im neuen G'wand

Der alte Stand im neuen G'wand.

16. Umzug

Wien, am 2. Februar 1911.
Jahrgang 1.
Dienstgeber und Dienstboten!
Leset die
Österreichische
Dienstboten-Zeitung.
Kostenlose Stellenvermittlung.

17. „Ziehn wir aus . . .“

18. Gewählte Gesellschaft

19. Heimfahrt

20. Blumenmädchen

21. Burgring

22. Der Herr Major in Pension

23. Werkelmann

24. Franzensring

ZUR ERLÄUTERUNG

1. Opernring (281—1)*)
Wien besaß seit vielen Jahrzehnten und besitzt noch heute einige bevorzugte Bummelzentren, in denen man zwanglos auf dem „Korso" spaziert und flaniert, um zu sehen und gesehen zu werden: den Graben und die Kärntner Straße, die vordere Hauptallee bis zur Höhe des Konstantinhügels samt ihren Seitenwegen und den bekannten Konzertkaffeehäusern, den Schönbrunner Schloßpark und die Ringstraße zwischen Burggarten, Oper („Sirk-Ecke") und Schwarzenbergplatz.
Unsere Szene ist an dem heute noch beliebten Platz vor der Einmündung der Kärntner Straße in den Opernring angesiedelt, wo Einheimische und Gäste aus dem großen Völkerreich die sonntägliche Atmosphäre ihrer Reichshaupt- und Residenzstadt genießen. Hier ist der passende Ort, neue Kostüme und Federhüte von beachtlichen Dimensionen vorzuführen, denn „man ist unter sich", auch hier im Freien: die Herren aus den Ministerien in untadeligem Vormittagszivil, die jungen Offiziere aus noblen Kavallerieregimentern in Waffenrock und schwarzer „Salonhose", also auch ihrerseits im Gesellschaftsanzug.
Und links vorne einer, der gar nicht dazupaßt, aber offenbar doch am rechten Platz steht; er bietet winzige Vierbeiner an und wird es nicht vergeblich tun, denn solche „Viecherln" waren recht beliebt, wie man der gleichzeitigen Salonliteratur entnehmen kann. Links hinten passiert eine kleine Verkehrsstauung zwischen der neumodischen Straßenbahn und Pferdefuhrwerken; eine Vorahnung späterer Straßenverkehrsszenen an dieser Stelle.
Dahinter die Hofoper, 1861—69 als Renaissancebau von Siccardsburg und dem unglücklichen Eduard van der Nüll erbaut. Heute gilt sie als attraktivstes Gebäude des Ringstraßenensembles, wozu freilich ihr musikalisch-künstlerischer Ruf in aller Welt wesentlich beigetragen hat.

*) Die Nummern in der Klammer entsprechen den Verlagsnummern der Originalkarten.

2. Heurigenmusik (953—5)
Eine der volkstümlich-gemütlichen Seiten im musikalischen Wien stellen die Heurigenmusiker dar, die sich neben den „stillen" Heurigen seit den Brüdern Johann und Josef Schrammel zwischen 1877 und 1900 in den bodenständigen Buschenschenken durchsetzten und ihnen jene Atmosphäre verliehen, die als „Heurigenstimmung" bezeichnet wird. Sie stammt einerseits von den gepflegten Weinsorten, die der Hauer nach einem maria-theresianischen Privileg auf eigenem Grund ausschenken darf, und andererseits von dem Vergnügen, „ohne Genierer" zu vorgerückter Stunde selbst in die Heurigenmusik mehr oder weniger klangvoll einzustimmen.
Dieses Phänomen hat Wien in der Welt merkwürdigerweise populärer gemacht als viele seiner großen Kulturleistungen. (Daß der „heurige" Wein nicht „von heuer", sondern aus dem Vorjahr stammt, aber seit der Lese nicht älter als ein Jahr sein darf, sei bei dieser Gelegenheit den Outsidern verraten.)
Das „klassische" Schrammelquartett, später stark verwässert, bestand aus zwei Geigen, einer Gitarre und einer Klarinette, die bald von der Ziehharmonika verdrängt wurde. Ist er nicht schön, unser Vorstadt-Don Juan als Heurigensänger mit seinen behäbigen Kollegen? Gemeinsam strahlen sie eine Gemütlichkeit aus, die unfehlbar auf alle anstekkend wirkt, die bereit sind, sich dieser unwirklichen, weil weinseligen Stimmung hinzugeben. „Das kann nur a Weana versteh'n . . ."

3. Nur nicht zu Fuß! (927—3)
Im fin de siècle des seiner kulturellen Einheit und der inneren Verwandtschaft seiner Staaten damals noch bewußten Europa fehlte bei keiner Veranstaltung die Uniform. Von Hofchargen, Militärs und Beamten getragen, belebte sie nicht nur das Bild der Gesellschaft, sie war auch der Ausdruck eines unbedingten Zusammengehörigkeitsgefühls ihrer Träger, oft über die Landesgrenzen hinaus, und darin den viel älteren Ordenstrachten verwandt.

Wer zum Tragen einer Uniform berechtigt war, trug sie nicht nur befehlsgemäß, sondern auch gern und stolz. Kein Monarch zeigte sich damals bei offiziellen Anlässen in bürgerlicher Kleidung, wie Zivilbilder gekrönter Häupter zwischen 1850 und 1914 überhaupt zu den Raritäten gehören.
Wie der Herr, so der Diener. Kein Wunder also, daß unsere zwei Kadettkorporäle, „Einser"-Dragoner, deren Garnison in Nordböhmen lag, sich im Urlaub nicht zivil tarnen, sondern in aller Pracht darstellen. Und da Reiter ungern zu Fuß gehen, so lassen sie sich in einem feinen Viktoria-Phaëton von einem ebenso feinen Fahrer kutschieren. Man weiß eben, wozu das Ansehen eines Regiments, dessen Inhaber Kaiser Franz Joseph persönlich ist, verpflichtet. Der selbstbewußte Gesichtsausdruck der beiden Marsjünger deutet jedenfalls darauf hin.

4. Gut Holz! (925—7)
Man kann nicht sagen, daß der Durchschnitts-Wiener besonders sportlich ist, sofern man nicht das Zuschauen, sondern die eigene Betätigung darunter versteht. Noch heute spielen wir lieber Toto als Fußball, obwohl Fitness mehr propagiert wird als damals, da der aktive Sportsmann als eine Art „Fex", d. h. mindestens als wunderlicher Mensch, angesehen wurde. Diese Einstellung hat uns auch schon den Ruf als „overeated" (und „underworked") eingetragen.
Schönpflug kann dieser satte, wohlbeleibte Typ des „Bauchträgers" (in Wien heißt der embonpoint schlicht „Backhendlfriedhof") nicht sympathisch gewesen sein, denn er hat ihn immer wieder aufs Korn genommen: dicke Stabsoffiziere, dicke Hausherren, dicke Polizisten, obgleich Wohlbeleibtheit damals zweifellos einen Status symbolisierte und Ansehen gab, das nicht jedermann zu erreichen vermochte.
Im Vergleich zu heute war aber doch eine körperliche Betätigung wesentlich beliebter und verbreiteter: das Kegeln im „Wirtshaus", das einen regen Klubbetrieb hervorbrachte. Ein Gastwirt, der auf sich hielt, besaß eine Kegelbahn, denn sie brachte Gäste, die bald durstig wurden, wenn sie es nicht schon vorher waren. Dieses Spiel, in unseren Breiten schon im Mittelalter bekannt, ist heute zum Teil durch Bowling, eine amerikanische Abart, mit größeren, gelochten Kugeln auf 10 Kegeln in Sporthallen betrieben, abgelöst worden. Es stirbt ja auch das „Wirtshaus" alter Art, sei's als Restaurant, sei's als „Tschecherl" in der Vorstadt, allmählich ab, ersetzt durch Schnellimbißstuben und speisenführende Espressi. Denn auch Vierzigstundenwoche und freies Wochenende fordern ihren Tribut.

5. Stubenring (282—8)
Der Kanzleikorporal im Vordergrund — Aktentasche, weiße Handschuhe — gibt der Szene schon die richtige Stimmung: hier wird nicht das Waffen-„Handwerk", sondern der militärische Geist exerziert. Diesen vertreten zunächst die Generalstabsoffiziere, hoffentlich in ein taktisches Fachgespräch vertieft („War's schön gestern abend . . .?"). Sie werden übrigens gleich „auseinanderspritzen" und Front machen müssen, denn die alte Exzellenz (im zivilen Fiaker!) wird ihretwegen kaum anhalten. Ein General der Kavallerie, natürlich zu Pferd, samt seiner Adjutantenkopie sieht von ferne interessiert zu, wie das wohl ausgehen mag.
Das Gebäude im Hintergrund, 1909—1913 von dem in Zürich ausgebildeten Schlesier Ludwig Baumann geschaffen, zeigt diskret militärischen Fassadenschmuck, womit es sich als das neue Reichs-Kriegsministerium genügend ausweist (das alte stand Am Hof, Ecke Bognergasse). Das neue Gebäude wurde, äußerlich unverändert, — auch Zumbuschs berühmter „Vater Radetzky" ist an seinem Platz belassen worden — vom neutral gewordenen Österreich in ein ziviles Regierungsgebäude umfunktioniert, in dem nun fünf Ministerien ihr Auslangen finden (müssen). Links hinten ist die „Urania" (von klassikbewußten Humanisten nach der Muse der Astronomie benannt) mit ihrem Sternwarteturm erkennbar.

6. Damenkapelle (953—1)
Wer vom Praterstern beim Zirkus Busch vorbei zum Lustspieltheater wandelte, kam gleich am Anfang der Ausstellungsstraße zum „Eisvogel", einem Restaurant mit Lokalberühmtheit, denn es besaß eine Damenkapelle, die an schönen Tagen im Freien konzertierte. Wer wird es heute noch glauben, daß diese flott musizierenden Damen tatsächlich Matrosenkleider trugen und die Dirigentin eine ebenso attraktive wie resolute „Gnädige" mit blauer Schleife in wallenden Locken war? Auch hier können wir uns auf Schönpflug verlassen, bei dem jedes Detail gestimmt hat. Die soziale Zusammensetzung dieses Klangkörpers kann man heute nur noch ahnen, zweifellos waren vom Schicksal mitgenommene Konservatoristinnen und Musiklehrerinnen darunter.
Ferdinand v. Saar, als Dichter und Mensch ein Grillparzer-Typ, hat in seiner Novelle „Die Geige-

rin" ein solches Frauenleben geschildert, und es ist fraglich, ob das Leben der Damen vom „Eisvogel" glücklicher verlief, als es uns Saar von jenen des „Etablissements Schwender" erzählt. Seine Menschendarstellungen, besonders in der Novellensammlung „Camera obscura", vermitteln uns ja überhaupt ein Bild vom kaiserlichen Wien, das auch den sehnsüchtigsten Nostalgiker nachdenklich stimmen dürfte.

7. Ringelspiel (744—8)
Der „alte" Prater, genauer gesagt „Wurstelprater", wie ihn mancher noch aus der Kindheit mit seinem schönen Baumbestand und den vielen naiven Attraktionen kennt, lebt nur noch in der Erinnerung der „Senioren". Nicht aufdringliche Lautsprecher und superschnelle „Todesbahnen" erzeugten jene unwiederbringliche Prateratmosphäre, sondern Musikwalzen und recht anspruchslose Ringelspiele mit Schaukelpferden, auf denen sich Kinder wie Erwachsene und Erwachsene wie Kinder fühlten. Freilich, die überhöhte Stimmung aus Rilkes „Karussell" („Und dann und wann ein weißer Elefant . . .") wird man hier vergeblich suchen; umso realistischer zeigt sich das Publikum mittlerer Sorte auf unserem Bild: fröhlich bis ausgelassen, unternehmungslustig und doch wieder harmlos, wie der weiß behandschuhte „Deutschmeister", endlich einmal hoch zu Roß, sogar auf einer Offiziersschabracke, oder die wippende Dame mit dem Regenschirm als Reitgerte. Nicht so harmlos wirkt der gelangweilte Liliom in der Ecke (Typ „Hutschenschleuderer"), nebenbei oder sogar hauptberuflich Donaudampfermatrose ohne Heuer, eine Erscheinung, die gerade in dieser Form einmal zum Praterbild gehört hat.
Seit Joseph II. als „Schätzer aller Menschen" sein kaiserliches Jagdrevier (die „Jägerzeile", heute Praterstraße, erinnerte noch daran) der Öffentlichkeit zur Verfügung gestellt hatte, wurde der „grüne" Prater auch zum Schauplatz vieler gesellschaftlicher Ereignisse, wie des „Blumenkorso" auf der Hauptallee, und internationaler Veranstaltungen, wie der Weltausstellung 1873, deren bescheidenere Nachfolge schließlich die Wiener Messe angetreten hat.

8. Wasserer (949—1)
Wer weiß heute noch, was ein „Wasserer" ist? Diesen gemütlichen, ländlich wirkenden Alten mit Schürze und Pantoffeln, Bierkrügel und Holzschaffel in den Händen, wird man in ganz Wien vergeblich suchen, und doch gehörte er vor 70 Jahren und auch noch später zum Straßenbild. Damals nämlich, als das Pferdefuhrwerk (außer der Eisenbahn) das auch wirtschaftlich wichtigste Verkehrsmittel war, als die Bauern und Viktualienhändler aus der Umgebung Wiens ihre Frischwaren noch persönlich zu den Märkten führten. Und da Rösser und Fahrer vom weiten Weg und den schweren Lasten müde und durstig waren, trat der „Wasserer" in Funktion: er brachte den Pferden vom Gasthausbrunnen das Wasser und dem Kutscher sein Bier, er sorgte auch sonst ein wenig für Mann und Roß und für Kommunikation zwischen Stadt und Land, die ja damals von einander weiter entfernt waren als heute. Man könnte unseren fröhlichen Alten funktionell etwa mit dem modernen Tankstellenwärter vergleichen. Abgelöst wurde er aber nicht unmittelbar von diesem, sondern von der Zwischenstufe des „Selbstwasserers", nämlich der Hochquellenwasserleitung, angekündigt durch das Schild „Fuhrwerker halt, Selbstwasserer hier im Gasthausgarten".

9. Blaue Stunde (370—4)
Als die Frauenwelt sich noch nicht an ihrer Selbstverwirklichung strapazierte, nahm sie sich lieber und leichter Zeit, Kontakte von Haus zu Haus zu pflegen. Die (Wiener) Jause mit Kaffee und Guglhupf bot dafür die beste Gelegenheit und war einmal ein fester Begriff in der kleinbürgerlichen Welt. Da wurde im „Speis'zimmer" unter Schattenbildern biedermeierlicher Ahnen getratscht, die unangenehmen Zeitgenossen konnte man „ausrichten", die angenehmen loben, Kochrezepte austauschen und Erfahrungen in der Hauswirtschaft besprechen. In unseren Tagen ist das „Jausnen" nur noch ein Begriff aus der Kinderzeit, eine liebe Erinnerung an häusliche Gemütlichkeit ohne Radio, Fernsehen und Straßenlärm, aber von vielen, wenn auch nicht unbedingt hochstehenden Gesprächen ausgefüllt, gewürzt vom Duft des „Häferlkaffees", der mehr Malz und Feigenextrakt als Kaffeebohnen enthielt und deshalb auch in größeren Quanten genossen wurde. Kein Grund zur Nervosität: man war bedächtiger bei der Arbeit und bedächtiger im Gespräch, ganz so, wie es Schönpflugs Seniorinnen-Kränzchen zeigt.

10. Prosit Blume (640—1)
Hatten die Damen ihr Kränzchen, so gingen die Herren auf ein Krügerl zum „Wirt'n am Eck". Dieser Herr ist eigentlich kein Herr, vielleicht ein

Halbherr, ein Typ, an dem in keiner Großstadt Mangel war. Dick und fesch, im hellen Gilet zur Pepitahose, die Trabuco in der Linken und den Hut auf dem Kopf. Zur Feinheit gehören auch die Tuchgamaschen, damals als „Flohdackerln" bekannt und beliebt (das Wort kommt von Decke, nicht von Dackel). Obwohl dieser Herr, gewichtig in sich selbst ruhend, auf solide Äußerlichkeit bedacht ist, wird man in ihm eher einen Handwerker als einen Hausherrn vermuten können. „A Hausherr" war nämlich wirklich „jemand", woher käme sonst die merkwürdige Redewendung „es san a scho' Hausherr'n g'sturb'n"? Jedenfalls nicht von ihrer Beliebtheit.

11. Franz-Josephs-Kai (282—5)
„Wiener Typen-Potpourri" nannte Schönpflug dieses Bild von der Nahtstelle zwischen Innerer Stadt und Leopoldstadt bei der Ferdinandsbrücke (heute Schwedenbrücke) am Donaukanal. Und nirgends wäre diese gemischte Gesellschaft besser zu zeigen als hier, am Grenzsaum zwischen Großstadt und einem städtischen Neuland, das schon von nordöstlicher Weite geprägt war.
Ganz links tritt ein „Polischer" ins Bild, wie der beinahe gemütliche, wohl diskriminierende, aber noch nicht diffamierende Wiener Ausdruck für die aus Galizien zugewanderten Juden hieß. Das waren arme Kaftanträger, von denen sich ihre arrivierten, alteingesessenen Glaubensgenossen ganz gern distanzierten. Ein slowakisches Kindermädchen in schöner Volkstracht wird flankiert und umworben von einem Dragoner und einem Infanteristen, der die Ausgangsuniform des Warasdiner I. R. 16 (eines alten Grenzer-Regiments) trägt. Daneben einige Marktfahrer- und Gemüsehändlertypen, dahinter eine schwer deutbare Klerikergestalt, vielleicht ein Priester der griechisch-unierten Katholikengemeinde, von der nahen St. Barbarakirche in der Postgasse (nicht zu verwechseln mit den „Orthodoxen" des Griechenviertels am Fleischmarkt). Rechts vorne ein bosnisch-herzegowinischer Wanderhändler, der Spazierstöcke und Rasiermesser, damals gängige Waren, feilbietet. Der Fez weist ihn als Mohammedaner aus, er ist aber kein Türke, denn seine Muttersprache ist das Serbo-Kroatische.
Im Hintergrund sind die Häuser der Unteren Donaustraße in der Leopoldstadt erkennbar, während der Pfeiler der damals noch neuen, im Zweiten Weltkrieg zerstörten Kanalbrücke schon den Wiener Jugendstil erkennen läßt.

12. Dein Freund und Helfer (949—9)
In einer Zeit relativer Sicherheit sah man so gemütliche Leute die Ordnung hüten, wie sie unser Bild zeigt. Längergediente Unteroffiziere waren begehrte Anwärter für den Polizeidienst, und sie brachten jene ärarisch-menschliche Berufsautorität mit, die unser dicker Schnauzbart ausstrahlt. Sein Dienstabzeichen, der Ringkragen, war ein Erbstück aus der Zeit Metternichs, eigentlich eine preußische Erfindung, so wie die Pickelhaube, die alles andere als österreichisch wirkt. Der Säbel, als einzige Waffe, wurde gewiß nur selten gezogen, die Signalpfeife ersetzte die heutigen Funkgeräte. Diese Männer kündigten die Sperrstunde an und läuteten bei Glatteis die Hausbesorger zum Gehwegstreuen heraus (auch um Mitternacht). So machten sie ihre Runden und gaben den Wienern ein Gefühl der Sicherheit, wozu sie ihre Berufsbezeichnung „Sicherheitswachebeamter" ja verpflichtete. Im Volksmund nannte man sie „Wachter" oder gar „Krautwachter"; ein Soldat, der mangelhaft exerzierte, wurde von seinen Ausbildungschargen auch so genannt. Warum wohl? Schönpflugs Bild gibt die Antwort.

13. Universität (282—3)
Die Alma Mater Rudolphina, 1365 vom ehrgeizigen Schwiegersohn Kaiser Karls IV. als Gegenstück zu dessen älterer Prager Schöpfung (1348) begründet, ist die älteste Universität des deutschen Sprachraumes (Heidelberg folgte Wien erst zwanzig Jahre später). Wer hätte das vom „Volk der Tänzer und der Geiger" gedacht? Das vom Wiener Architekten Heinrich v. Ferstel entworfene Gebäude auf unserem Bild wurde freilich erst 1883 bezogen.
Der Lebensraum um ein Hochschulgebäude ist ebenso durch sein spezifisches Publikum geprägt wie jener um Paläste oder Markthallen. Und so gab es neben dem Graben- und dem Prater-Bummel auch den vor der Universität, sogar als ältesten seiner Art. Hier wird er von „schlagenden" Farbenstudenten, an den „Schmissen" erkennbar, als Aktiven und Alten Herren bestritten. Sie tragen Band und Mütze als „ziviles" Verbindungszeichen, während rechts hinten zwei Chargierte in „voller Wichs" anfahren. Gegenüber diesem zwar gemessenen, aber doch legeren Auftreten der Kommilitonen im Vordergrund wirken die Priesterstudenten geradezu militärisch diszipliniert. Schönpflugs Sympathie scheint mehr auf ihrer Seite gewesen zu sein als auf jener der „Schlagenden".

14. Im Billardcafé (907—4)
Außer den offiziellen Kulturzentren gab es in Wien stets auch inoffizielle, und unter diesen ist das seit Kolschitzkys Zeiten schon vielfach beschriebene und gerühmte Kaffeehaus an erster Stelle zu nennen. In ihm wurde philosophiert, gedichtet, politisiert, auch intrigiert, und zum Ausgleich spielte man dort Schach oder Billard, Bridge oder Tarock in den dafür vorbehaltenen Eckräumen.
Das Billard- und das Kegelspiel, sie verhalten sich zueinander wie der Kaffee zum Bier. Beide haben ihre eigenen Regeln und Riten, denen ein ganz bestimmtes Publikum entspricht, nur: der Konsum an beiden Getränken nimmt stets zu, die Pflege der zwei Spiele immer mehr ab.
Besonders das Billard, dessen Klicken der zusammenstoßenden Kugeln der Kaffeehausakustik noch zusätzlichen Reiz verlieh, ist schon recht selten geworden. Man braucht dazu Zeit, Geduld und Feingefühl — und das alles haben wir nur noch ganz beschränkt. Aber „anno dazumal" war dieses Spiel in bestimmten Kreisen weit verbreitet (in Frankreich schon im 17. Jahrhundert). Man unterschied eine „deutsche" und eine „französische" Spielart mit spezifischem Reglement, ja es gab (und gibt noch heute) auch das „Kegelbillard", dessen Ziel für den Spielball dem Kegeln genau entgegengesetzt ist: wirft er Kegel um, so gibt es Verlustpunkte. Unsere Herren hier spielen aber eine Karambolagepartie auf drei Bälle, jeder Ballzusammenstoß erbringt einen Punkt.

15. Der alte Stand im neuen G'wand (600—1)
Der Übergang vom Pferdefuhrwerk zum Benzinfahrzeug hat einige Jahrzehnte gedauert. Wenn auch der als Zweiundzwanzigjähriger nach Österreich gekommene und hier naturalisierte Mechaniker Siegfried Marcus schon 1875 in Wien den ersten Viertakter mit magnetelektrischer Zündung gebaut hatte (reich wurden aber andere damit), so ist die systematische wirtschaftliche Nutzung und allgemeinere Verbreitung erst gute dreißig Jahre später erkennbar. Inzwischen und noch lange nachher bestanden Pferd und Motor mehr oder weniger einträchtig nebeneinander, denn es waren noch allerlei technische, aber auch rechtliche und formgestalterische Probleme zu lösen.
So wie die Architekten zunächst nicht der Aufgabe gewachsen waren, einen Bahnhof „sachlich" zu bauen (den Südbahnhof zierte eine klassizistische Fassade mit Giebel und Säulen, der Nordbahnhof erinnerte an eine italienische Burg), so konnten sich die Autodesigner nicht vom Wagenbild der „Droschke" freimachen. Die Karosserien für Pferde- wie für Motorfahrzeuge wurden ja auch von denselben Firmen gebaut. Man kann das an den frühen „Oldtimern" noch gut erkennen.
Schönpflug hat die Verwandlungsschwierigkeiten treffend angedeutet: Der Fiaker bedeckt seine Rösser, der Taxichauffeur die Kühlerhaube; der uns schon bekannte „Wasserer" tränkt nicht mehr die Pferde, sondern wäscht den Wagen und sorgt für Kühlwasser (Bier bringt er noch immer; „Alkohol am Steuer" war damals offenbar noch kein Problem). Nur die Fahrertracht hat sich grundlegend geändert: ein Chauffeur mit „Halbkrach" (auch Melone oder Gondel), überhaupt mit Hut, war undenkbar; man trug die sportliche Schirmkappe zu Windjacke und Ledergamaschen und war damit als „modern" ausgewiesen.

16. Umzug (653—2)
In Wien wurde immer schon viel gebaut, und wer sich's leisten konnte, „zog um" und bezog eine neue Wohnung in einer „besseren" Gegend. Dieser Umzug deutet dem Mobiliar entsprechend auf eine „bessere Fuhr'" hin. Solche Unternehmen waren schon damals nicht billig, als die Möbelwagen, vierspännig von Pinzgauern gezogen, mit routinierten „Möbelpackern" bestückt durch die Gegend fuhren. Für alle Fälle hat man „das Mädchen" in Berufstracht mitgeschickt, damit alles seine Ordnung habe. Ihr wurde auch eine Statuette anvertraut, die in ihren Händen zum Anlaß feinsinniger Packerscherze wird, deren Inhalt leicht zu erraten ist. Diese Gesellschaft wirkt unbeschwert.

17. „Ziehn wir aus . . ." (653—1)
Das hingegen ist eine „Armenleutfuhr'"; der dürftige Hausrat, aufs „Leiterwagerl" verpackt, wird vom bekümmerten Vater gezogen, und die vergrämte Mutter muß auch noch anschieben. Der kleine Bub trägt den vermutlich einzigen Wertgegenstand und sieht arm genug aus: „und müssen Kind sein und sind traurig Kind" (Rilke).
„Ziehn wir aus und ziehn wir ein, es liegt nix dran", heißt der Titel dieser Karte; er zeigt in seiner resignierenden Schwermut das Schicksal jener armen Leute an, denen der Mietzins zu hoch wurde und die deshalb eine schlechte Wohnung mit einer noch schlechteren zu tauschen hatten. Der schon erwähnte Wiener Ausspruch, daß „auch schon Hausherren gestorben" seien, erhält vielleicht hier eine Erklärung.

18. Gewählte Gesellschaft (282—7)
Die Szene spielt vor dem Parlament, damals „Reichsrathsgebäude", einem weiteren aus der Reihe der großen, repräsentativen Ringstraßenbauten, 1873—83 von dem in Griechenland geschulten Dänen Theophil Hansen in antiken Formen als Tempel der (staatsmännischen) Weisheit geschaffen, auf die Karl Kundmanns Kolossalstatue der Pallas Athene ausdrücklich hinweist.
Da die vorgeführte Gesellschaft eine „gewählte" ist, kann es sich nur um Mitglieder des Abgeordnetenhauses handeln, denn in das am gleichen Ort tagende Herrenhaus wurde man nicht gewählt, sondern vom Kaiser berufen. Die Debatten der eben absolvierten Sitzung wirken bei den Volksvertretern sichtlich noch nach. Großstadtferne Volkstrachten verschiedener Kronländer deuten die multinationale Zusammensetzung des Hohen Hauses an und sorgen für Farbenreichtum gegenüber den eher professoralen Typen auf der linken Bildseite, auf der auch ein Prälat erkennbar ist.
Der Herr mit Monokel und Zylinder im tadellosen Cutaway scheint dagegen ein Minister zu sein, dem ein devoter Volksmann eine Bittschrift übergeben will. Das Bewußtsein seiner Bedeutsamkeit verleiht dem noblen Herrn eine Aura, die zwei eher mißvergnügte Vertreter unterrepräsentierter Slawenvölker, obwohl im malerischen Nationalkostüm, nicht auszustrahlen vermögen.
Das Haus am Franzensring, einem Abschnitt der Ringstraße (damals nach dem „guten Kaiser Franz", heute nach Karl Renner benannt), war der Schauplatz faszinierender Rededuelle mehrerer Gesetzgebergenerationen und manchmal sogar tätlicher Auseinandersetzungen zwischen „Habenden und Habenwollenden" (Metternich) hinsichtlich ihrer nationalen und sozialen Zielsetzungen; ein Spiegel von Blüte und Niedergang des parlamentarischen Lebens der Donaumonarchie.

19. Heimfahrt (555—4)
Wer käme auf den Gedanken, daß sich jeder Fiaker von einem Heiligen herleitet? Diese Geschichte beginnt um 1640 in Paris, als ein findiger Kopf die Idee hatte, Pferdekutschen zu vermieten. Er stellte seine Fahrzeuge vor einem Haus auf, das mit dem Bild des hl. Fiacrius geschmückt war, eines irischen Einsiedlermönchs und Klostergründers aus dem 7. Jahrhundert in Frankreich, der dort als Schutzpatron der Gärtner verehrt wird; „sein" Tag ist der 30. August. Er lieh wohl auch dem neuen Fuhrunternehmen seinen Schutz, denn bald war die „Fiakerstraße" bekannt, und Name wie Sache verbreiteten sich über Europa. Aber während das Wort im Französischen allmählich die Bedeutung „schlechtes Gefährt" bekam, blieb es in Wien mit gutem Klang erhalten, und die Innenstadt ohne Fiaker war kaum denkbar.
Das bekannte Wiener Fiakerlied spricht zwar von *zwei* „harben Rappen", aber ein „Einspänner" tut's auch, wie unser Bild zeigt. Das ist zwar eine billigere Sorte, das Pferd mager, der Fahrer dick, aber die Hauptsache ist, daß auch zu später Stunde sein „Coupé" besetzt ist; also blickt auch der Fiaker zwar nicht fromm, aber fröhlich drein.

20. Blumenmädchen (949—3)
Ausgerechnet Blumen*mädchen* nannte Schönpflug diese Karte und hat damit einen Typ verewigt, der nur noch wenig Mädchenhaftes aufwies. Heute kauft man Blumen allenfalls beim „Standl", wenn nicht in der Blumenhandlung; vor einigen Jahrzehnten konnte man auch noch ähnliche „Mädchentypen" ambulant Lavendel verkaufen sehen und hören: „Kaft's an' Lavendel, zehn Groschen das Büscherl, an Lavendel hab' i då, kauft's ma' an' å", sangen sie, oft mehrstimmig und ganz gut anzuhören. Im Zeitalter der Spraydose ist auch dieser Handelszweig unrentabel geworden.
„An schön' Holler, gnä' Frau?" heißt der Untertitel der Karte. (Bei uns sagt man noch „Holler", wenn man Flieder meint, aber bald wird man das auch nicht mehr verstehen.)

21. Burgring (282—4)
Den rechten Flügel des einst geplanten „Kaiserforums" bildeten die Hofmuseen; er wurde vom barocken Hofstallgebäude (heute Messepalast) begrenzt. Die Ringstraße sollte durch zwei Triumphpforten führen, die das Kunsthistorische Museum mit der Neuen Burg und das Naturhistorische mit einer (dann nicht mehr erbauten) Dependance der Neuen Burg verbunden hätten. Die ausgeführten Teile dieses Plans blieben auch als Torso noch imposant genug. Der Platz zwischen den Hofmuseen, von Zumbuschs Maria-Theresien-Denkmal beherrscht, gibt eine Vorstellung der geplanten Dimensionen. Er war schon zu Schönpflugs Zeiten von Touristen bevölkert, deren Herkunft an der Kleidung ablesbar ist: „Reichs"-Deutsche in Reform- und Jägertracht, Amerikaner, Franzosen.
„Das muß man gesehen haben", heißt der Untertitel der Originalkarte. Aber was? Natürlich die k.k. Trabanten-Leibgarden, die hier nicht zufällig

vorbeimarschieren, sondern auf dem geraden Weg von ihrer „Ubikation“ (Unterkunft) in der Mariahilfer Stiftskaserne zur Wachablöse in der Hofburg sind. Diese Männer gehören den — im Vergleich zu anderen Großmächten zahlenmäßig geringen — Gardeeinheiten als „Hofgarden“ an, Eliten schon vom Rang her: ihr Gardekapitän war General, ein Wachtmeister hatte Hauptmannsrang. Das Rot-Schwarz-Gelb der Uniform zeigt die traditionellen Farben der kaiserlichen Hoftracht seit dem 17. Jahrhundert, auch die damals als Waffe geführte Hellebarde blieb den Trabanten erhalten.
Das Kunsthistorische Museum im Hintergrund war 1869—81 von einem berühmten Architektenpaar, dem Hamburger Gottfried Semper und dem Wiener Karl Hasenauer, erbaut worden. Als im habsburgischen Hausbesitz organisch gewachsene Sammlung unermeßlicher Kunstschätze, die nun in großzügig geplanten Räumen öffentlich zugänglich wurden, genießt es seither Weltruf.

22. Der Herr Major in Pension (530—6)
Der aktive Offiziersbestand eines k.u.k. Infanterieregiments zeigte im Frieden etwa folgendes Bild: 30 Leutnants, je 20 Oberleutnants und Hauptleute, aber nur drei bis vier Majore, zwei Oberstleutnants und ein Oberst. Diese normale hierarchische Pyramide beweist, daß der Zugang zu den oberen militärischen Rängen naturgemäß schwierig war. Die „Majorsecke“ war ein sprichwörtliches Hindernis, das nur mit besonderer Qualifikation (gute Dienstleistung oder Familie, am besten beides) zu nehmen war. Man behalf sich zeitweise mit zwei Hauptmannsklassen bis zum Ruhestandsalter, und einige Hauptleute erhielten (bei guter „Conduite“) den Titel eines Majors, als sie in Pension gingen.
Solch ein Typ scheint unser Major zu sein, der nun in gepflegter bürgerlicher Kleidung durch die Straßen eilt: die Miene streng, als besichtige er ein ganzes Regiment, den Regenschirm wie einen Säbel gezückt (man beachte die Fingerhaltung), und das Ordensbändchen im Knopfloch. Sicher fühlt er sich karrieremäßig übergangen („präteriert“ hieß der Fachausdruck), und vielleicht wäre er wirklich ein tüchtiger Oberst geworden. Das hätte aber erst der „Ernstfall“ bewiesen, und diesem war der Ruhestand halt doch vorzuziehen.

23. Werkelmann (953—6)
Während der Fiaker zur nur mäßigen Freude der „Taxler“ und überhaupt aller Motorisierten in unserer Zeit — just in der gassenengen Innenstadt — seine fröhliche Wiederkehr feiert, ist ein „Werkelmann“ kaum mehr zu finden. In den dreißiger und sogar noch in den fünfziger Jahren unseres Jahrhunderts konnte man ihn aber noch allenthalben sehen und hören: in Hauseingängen oder in den Höfen der Mietshäuser setzte er die Stiftwalze seiner Drehorgel mittels Handkurbel zur Freude der Kinder und der Dienstmädchen in Bewegung. Sein Repertoire war nicht groß, die „Tonwiedergabe“ mäßig, aber schallkräftig, und trotzdem hatte ein solches „Hofkonzert“ einen heute unwiederholbaren Reiz. Man warf dem Musikanten ein oder zwei, stets in Papier gewickelte „Zehnerln“ vom Fenster aus zu und konnte einer devoten Dankesgeste (die man gern abwartete) sicher sein.
Unser Paar wird von einem an der Medaille erkennbaren „alten Diener“, vielleicht einem Veteranen aus dem unglücklichen Sechundsechzigerjahr, und einer Art Zuhälter gestellt, der dem sichtlich schon unbeholfenen Alten beisteht und dafür am Erlös kräftig partizipiert. Solche „Gespanne“ waren nicht selten — auch nicht der Brauch, daß einer etwas tut und ein anderer kassiert.

24. Franzensring (282—6)
Das ist der seinerzeit allseits beliebte und oft dargestellte „Burgmurrer“, der Anmarsch der täglichen Wachablösung zum inneren Burghof, die Franz Joseph gerne vom Fenster aus beobachtete. Voran die Musikkapelle eines in Wien stationierten ungarischen Infanterieregiments. Damals waren es gerade die „Sechser“ (seit 1881 „Karl I., König von Rumänien“ aus Neusatz, ungar. Ujvidék, serb. Novi Sad). Sie bestanden zum Großteil aus Serben, aber auch aus „Donauschwaben“ von der reichen, Batschka benannten Landschaft, waren aber alle Untertanen der Krone des hl. Stephan (vorher kaiserl. „Grenzer“, solange die Türkengefahr drohte).
An der Spitze marschiert der martialisch-stolze Regimentstambour, rechts im Vordergrund der Militärkapellmeister, ein Mittelding zwischen Musikprofessor und Soldat. Hinter dem obligaten Schusterbuben ein k.k. Polizist („Spinatwachter“, nach der auch heute noch grünen Blusenfarbe mehr oder weniger liebevoll so benannt).
Den Hintergrund bildet das vom Dombaumeister und Wiener Akademieprofessor Friedrich v. Schmidt „im gothisierenden Style“ 1872—83 erbaute Neue Rathaus. Schmidt stammte aus Hessen und war in seiner Jugend am Ausbau des Kölner Doms beteiligt gewesen.